ABI-SWORD

GRAPHIC NOTEBOOK

阿鼻劍之圖像筆記

繪者 鄭問 CHEN UEN

編劇 馬利 MA LI

地獄不空，

誓不成佛。

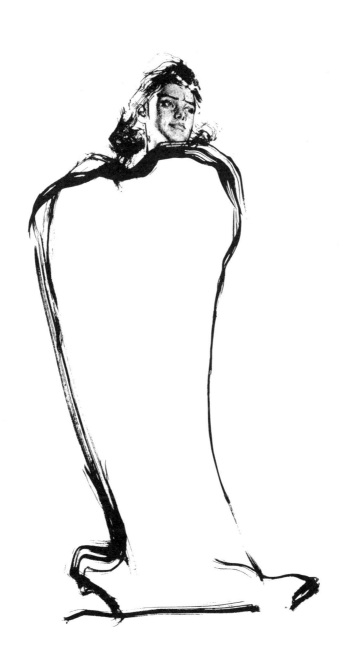

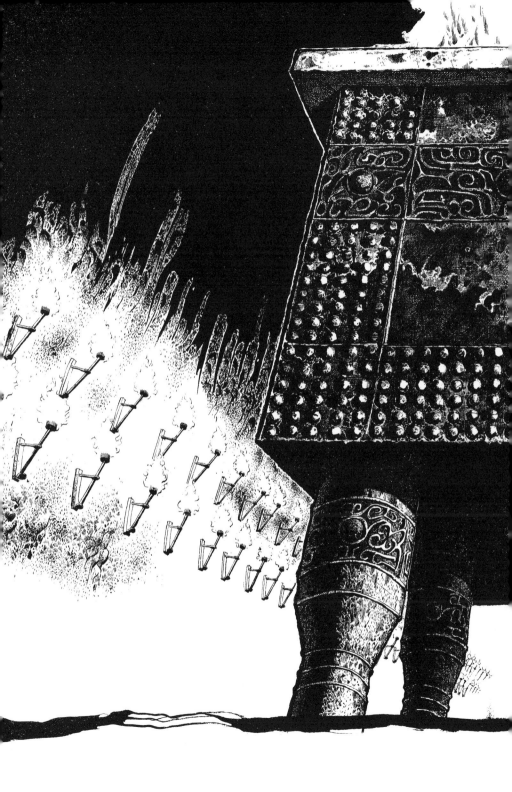

阿鼻劍

ABI-SWORD

漫畫

鄭問 CHEN UEN

1958-2017

本名鄭進文，復興商工畢業。早年曾在十二家設計公司任職，後來自行成立室內設計公司。1983年在台灣《時報周刊》上發表第一篇漫畫作品《戰士黑豹》，開啟漫畫創作生涯。獲得好評後又發表了《鬥神》及以《史記》中的〈刺客列傳〉為題材的水墨手繪漫畫《刺客列傳》。

畫風融合中國水墨技法與西方繪畫技巧，細膩而大膽，作品充滿豪邁灑脫的豪情俠意。1990年受日本重要漫畫出版社講談社的邀請，在日本發表描繪中國歷史故事的《東周英雄傳》，引起轟動。1991年更獲得日本漫畫家協會「優秀賞」，他是這個大獎二十年來第一位非日籍的得獎者。日本《朝日新聞》讚嘆他是漫畫界二十年內無人能出其右的「天才、鬼才、異才」，日本漫畫界更譽為「亞洲至寶」。

除《東周英雄傳》外，《深邃美麗的亞細亞》、《萬歲》、《始皇》等均是日本時期的優秀作品，也受邀擔任日本電玩遊戲美術設定，推出《鄭問之三國誌》。

進入2000年，鄭問開始與香港漫畫圈合作，陸續發表《漫畫大霹靂》、《風雲外傳》等作品，隨後跨足電玩遊戲《鐵血三國志》的設計製作，成為中國電玩美術的開拓者。2012年，鄭問重返台灣漫壇，代表台灣參加法國安古蘭國際漫畫節。

經典作品陸續由大辣出版社重新編排後推出新版：《阿鼻劍》（2008）、《東周英雄傳》（2012）、《始皇》（2012）、《萬歲》（2014）、《刺客列傳》精裝版（2017）、《深邃美麗的亞細亞》（2017）、《鄭問之三國演義畫集》（2019）、《阿鼻劍：三〇週年紀念合訂本》精裝版（2019）等。

2018年6月《鄭問故宮大展》在台灣舉辦，出版鄭問全紀錄《人物風流：鄭問的世界與足跡》一書。

編劇

馬利 MA LI

本名郝明義，1956 年出生於韓國。現任大塊文化與 Net and Books 董事長。

著有：《工作 DNA》（增訂三卷）、《故事》、《那一百零八天》、《他們說》、《越讀者》、《一隻牡羊的金剛經筆記》、《如果台灣的四周是海洋》、《大航海時刻》、《尋找那本神奇的書》。譯者：《如何閱讀一本書》、《2001 太空漫遊》。

與鄭問共同創作《阿鼻劍》漫畫，擔任編劇，以及 2018 年企畫《人物風流：鄭問的世界與足跡》。2019 年幫鄭問點評三國人物在台灣全新出版《鄭問之三國演義畫集》，以及《阿鼻劍：三〇週年紀念合訂本》精裝版（2019）。

個人網站：rexhow.com

facebook 粉絲專頁：www.facebook.com/rexhow.dna

眾生受盡，

方證菩提。

大辣
not only passion

dala plus 012

阿鼻劍之
圖像筆記

ABI-SWORD：
GRAPHIC
NOTEBOOK

繪者：鄭問 CHEN UEN
編劇：馬利 MA LI
主編：洪雅雯
美術設計：楊啟巽工作室
行銷企劃：李蕭弘
企劃編輯：張凱甚
總編輯：黃健和
出版：大辣出版股份有限公司
台北市105南京東路四段25號12F
www.dalapub.com
Tel：(02) 2718-2698 Fax：(02) 2514-8670
service@dalapub.com

發行：大塊文化出版股份有限公司
台北市105南京東路四段25號11F
www.locuspublishing.com
Tel：(02) 8712-3898 Fax：(02) 8712-3897
讀者服務專線：0800-006689
郵撥帳號：18955675
戶名：大塊文化出版股份有限公司
locus@locuspublishing.com

法律顧問：董安丹律師、顧慕堯律師
版權所有‧翻印必究

台灣地區總經銷：大和書報圖書股份有限公司
地址：242新北市新莊區五工五路2號
Tel：(02)8990-2588 Fax：(02)2290-1658
製版：瑞豐實業股份有限公司
初版一刷：2020年2月
定價：新台幣520元
Printed in Taiwan
ISBN：978-986-6634-97-0